JN094379

societas

広田修

思潮社

societas

広田修

思潮社

目次

銃弾　8
三十歳　10
三十五歳　12
復興　14
生活の粒子　18

小詩集　社会　20
新社会人　30
僕は仕事ができない　32
恐怖　34
世界の外側　36
裏返る　40

種　42
通勤電車　44
名刺　46
仮構　50
一職員　52
暴力　54
金曜日の果て　56
年度の終わり　58
コンプレックス　60
ジャズ　62
異郷にて　64
窓を開ける　66
任期満了　70
新入社員　72
無口ゆえに　74

小詩集　エセー　76
時間　86
燃焼　90
遠い空　94
難解な朝　98
器　100
額縁　102
敵　106
神経　110
重さ　112
帰郷　114
郷土の愛　118
駅のホーム　120
母校　122
はじまり　126

装幀＝思潮社装幀室

societas

銃弾

銃身の鈍重さを仮装しながら
銃弾のようにすばやく生きるのだ
この秋の穏やかな一日は
最大限の速度で組み替えられていくから
この君の静止した生活も
信じがたい高速で雑踏に埋没していくから
撃ち出す可能性しかない母体を装い
撃ち出された現実性しかない弾丸を生きるのだ
この浜辺の町の風景には
夢の遊び込む一片の亀裂も存在しないから
この復旧されていく時間には

もはや現在の証明しか存在しないから
銃身の優しさで横たわり
銃弾の鋭さで何もかもつんざいていく
責任も罪も悪徳も無効になるこの秋の日
弾丸となりすべてを傷つけていく

三十歳

朝陽は陰々と降りかかる、その日の人々の通勤に結論を下すため。人々が夢から生まれ、途端にすべやかな仮面とともに成人するのを見届けるため。電車は巨大な獣のように息を荒げて疾駆する、人々を腹の中に収めてはまた吐き出し、同じ線路を毎回異なるまなざしでやさしくにらむ。彼は着古したスーツに身を包んで、粉々になった朝の中枢を手繰るようにホームへとのぼっていく。始まりがすべて何かの終わりだとしても、この一日のはじまりは終わらせたい流血を一つも止血してくれない。

正しいものがどれも間違っていても、正しさが終焉する沃野に今彼は立っていて、そこでは間違いもすべて狂気を治めてしまう。追求する目的という果実めいたものはとっくに食らいつくして、追求の運動という飢えばかりが残った。彼のスーツにはたくさんの色彩が混じって、その黒を一層黒くした。どんな苦難も喜びも吸い取るために、スーツは黒でなければならなかった。彼と朝陽は毎朝新しく出会い、新しく別れる、互いに交わすメッセージはすべて言葉以外に蒸留しなければならない、例えば雲の白のように。

コンピューターの原料となる岩石がまだ自らの夢を知らなくても済んだころから、自然を利用するのは人間の罪滅ぼしだった。風が木の葉を揺らすように、仕事は人間を動かした。風の源泉が不明であるように、仕事の源泉を遡ると結局彼自身に還流した。畢竟人生は一つのパズルに過ぎない、与えられた謎に対して適切な解を返して行って次第に全体へと漸近する、当てはまりの快楽に満ちた命のやり取りだ。パズルに直面した苦悩もまた一つのパズルであり、そのパズルを解くパズルも当然無限にパズルである。

捨てていった影に寄り添うように、膨大な量の光を捨てる。消していった憎しみに寄り添うように、膨大な量の愛を消す。どんな緻密な倫理も彼を追い込むことはできず、彼は倫理に垂直に突き刺さる永遠の直線なのだ。死ぬことは何かを始めることであり、彼は自分が死ぬときに何を始めるか、何が始まるか、それだけをきれいな文字でノートに厳密に記述している。社会は死で構成されており、死んだ権力が死んだ暴力を行使して、ますます彼の垂直な直線は強靱に伸びていくばかりだ。

三十五歳

本質は本質として朽ちていき、装飾や細部にこそ神は宿るのだった。仕事は論理によって組み立てられた城であるが、その堅固さを基礎づけているのはむしろ至る所にある建具の装飾なのである。龍の形をしたり雲の形をしたり山水を描いたり、それらの装飾の綾こそが仕事を別の原理から基礎づけている。虚栄心や嫉妬に基づく競争や攻撃、そういった装飾的な外郭をうまく克服することに、仕事はその本質の裏側でぴたりと癒着している。

遠くの役所に書類を届けるために車を運転する、ふと空を見上げると雲が驚くほど白くて思わず涙がこぼれた。かなしみをあつめてより高次のかなしみを生み出したい、そう思った。車は国道から折れて市街地へ、初めて見る配列の中へ。看板はいつも事件のように現れ、建物はその事件の詳細な内容のようだ。彼が美しく整った庁舎内に入っていくと事件は隠蔽されたが、彼の中では複雑に増幅された。

人と人とが演じ合う仕事のコミュニケーション、その背後には真の信頼と軽蔑がある。仕事のやり取りでは誰もが等価で並列するが、彼の内部では人毎の細かい評価がなされていた。絶対的に尊敬し信頼する上司から、絶対的に軽蔑し信頼しない上司まで、水面上には決して現れないほんとうの心が微細に揺らめいていた。誰に対しても等しい微笑で対応しながら、片方を「神」として敬い、もう片方を「馬鹿」として切り捨てていた。

役所での用事が済んで樹々の隙間を抜け駐車場へ。車に再び乗りこむとそこは彼の城だった。車のボディのように硬くすべての悪意と攻撃を華麗に反射しながら、しなやかに街路を抜けていき、やがて至る国道において一面の風景を視野に収めながら人生の見取り図を作る。事件には些細なものと重大なものがあり、人生の事件にも一つ一つ付箋を貼りながら対処法をメモしていく。国道の果てにはオフィスが待っている。オフィスに着くまでの経路は死へ至るまでの人生だ。

復興

巨大な沈黙が降り注ぎ、忙しなく部分同士が交信している大地は惨劇に見舞われた。大地には至る所に中心があり、そこから水平線や勾配が限りなく伸びていき、無数の表現を作り出していた。大地が低く降りていくところには、もう一つの大地、すなわち海が流動しながら別の夥しい相貌を生み出していた。沈黙はその衝動と禁止の葛藤ゆえに激しく大地の交信を攪乱し、大地は互いに音信不通となり、絶望的な孤独に耐え切れず少しだけ身震いした。大地に寄り添う海は大地の稀少な孤独に驚き、少しだけ髪を揺らした。

海岸には堤防が建設されていた。堤防の手前には延々と防災林が植樹されていった。たった一枚の陸地であっても道路によって複雑に区切られ、さらに宅地、田地、畑など用途によってそのうわべの形状は様々だった。様々な種類の土地が文様のように配置され、そこに行政の復旧のための事業が複雑に入り込んでいる。陸地は一枚の複雑な土地の織物だった。その織物の上を無数のダンプが土砂などを運んでいく。

タクシーの運転手たちは死んだはずの人々を当然に客として遇した。死者たちは生きた衣をまとい我々を訪れ、我々は死者たちの言葉と包み合った。死者は穢れていず聖なる存在でもない。我々を堅く構成する隣人であり現在である。若い娘であったり老いた夫であったり、死者はまだ詳細な命を保っている。死者は前触れもなく我々に呼び掛け、その呼応が我々を組み替え続ける。

子どもが一人泣き叫んでいた。辺り一面の荒野で泣き声は途中でかき消された。子どもは人類の誕生から滅亡までずっと泣き叫び続ける。子どもの泣き声は地上のいかなる惨事とも無関係だが、いかなる惨事とも並行する。人類の誕生から滅亡に至るまで途切れなく続く根源的な惨事を泣き叫び続けるのがこの子どもである。人類の誕生とともに、歴史の申し子であるこの子どもは荒野に降り立ち、歴史の根源で惨事を解体し始めた。

国道6号線沿いのコンビニには朝6時になると除染作業員たちを乗せたバスが停まり、作業員たちの買い物でごった返す。体格がよく、髪を染めたり刺青を入れたりしている作業員たちは、鋭い口調で話しながら機械的に買い物を済ます。作業員たちの威圧力が狭いコンビニをいっぱいにする。彼らは復興のためではなく賃金のために働く。その純化された莫大な対償関係によって復興は担われている。

巨大な沈黙が去った後、大地は地上の全ての些細なものたちと交信を始めた。さんざめく微笑が地上のあちこちでほころび、それらは緊密な回路を作り通電した。大地の表情は人間たちにより少しずつ新しいものへと変化し、新しい声で新しい物語をつぶやき始めた。大地の部分たちはまた別の部分たちへと改組され、人間たちと無言の語らいを始めた。根源の子どもは荒野で泣き叫び続け、その泣き声には人々の嘆きや喜びや感謝が同期していった。この復興の時期、根源の子どもの泣き声は極めて豊かに変奏され、その原初のエネルギーは著しく増幅されて海へとのびていった。

生活の粒子

傾斜を下り刺し殺された命たち
多くの者は海の最果てで
多くの者は自明な住宅で
この土地で地を這い工事していると
命たちが呼吸に紛れ込んでくる
もはや死んだ命たちは生活の粒子
我々の生活で食われ捨てられ思い返される
駅で列車を待つ空白の一コマにも
生活の粒子は浮遊している
夥しく散華した命たちは
ごく普通に我々と共に生活している

そして我々の息を強め
我々の生き抜く糧となっている
もはや聖でも俗でもない
それらを超えた生活の粒子
我々は今もこの傷んだ大地で
失われた命たちを呼吸している

小詩集　社会

I　売買

私は愛するあなたに、私が愛したことに対する代金を請求する。いくら私が愛しても、あなたは見向きもしないから。私の愛は清算されないまま残ってしまうので、未清算分を早めに決済するために、恋愛感情の標準価格である1万円を請求する。私はあなたに愛情を与えたにもかかわらず、あなたからは何も与えられなかった。この不平等を解消するために1万円を請求する。

私は激しく憎悪するあなたに、私が憎悪することによってあなたに与えた不利益の分を賠償する。いくら私が憎んでも、あなたは歯牙にもかけないから、私はあなたに一方的に不利益を与えたことになってしまい、その分を賠償しなければならない。この場合、憎悪の標準賠償額である2万円をあなたに支払う。

私はあなたに挨拶されたので、すぐさま挨拶を返した。本来挨拶をされたら3千円を支払わなければならないが、こちらも挨拶をしたのであなたも3千円を支払わなければならない。この3千円は互いに相殺され、私もあなたも1円も払わなくて済む。平等性が確保されればお金を払う必要がない。

私たちは社会において互いに利益や不利益を与え合う。その際、昔だったら沢山の不平等があった。愛される女性は沢山の男性から愛されながら少しもその愛を返さず、反対に憎まれ役は沢山の人々から迫害をこうむりながら少しもその損害を償ってもらえなかった。

そこでは、人間の感情はお金に換算できないという不合理な理屈がまかり通っていたのだ。

だが、人間の感情は相手に利益も不利益も与えることができる以上、判例の集積によって適当な金銭の額に換算することができるようになり、感情のやり取りにおける不平等はすべて金銭で速やかに解消されるようになった。人は感情を売買するのである。

もちろん、これは厳密な意味での売買ではない。本来売買契約というものは相互の意思表示の合致、つまり両方が承諾したうえでなされるはずのものであって、一方的に愛したり憎んだりするときに売買契約が成立しているわけではない。だがそこに契約の成立を擬制するということが画期的な法改正だったのだ。

今や人間の感情の種類や量や相手は正確に計測できるようになっている。この感情測定機の発明なしにはくだんの法改正はあり得なかった。代金や賠償金の請求の根拠となる感情の計測は今や正確になされるのである。

科学の発達や制度の発達は、人と人との不平等を解決し、正義を実現することに寄与している。感情が正確に測定され売買の対象となって久しい。いったい次は何が市場システムに組み込まれるだろうか。いずれにせよ、人々は昔より互いに多くの好ましい感情を与えるようになり、互いに与える好ましくない感情をより少なくするようになった。だがもともと人間は暴力的な存在、負の感情が渦巻く存在だ。負の感情を相手に察知される前にきれいに消し去る違法ドラッグ、負の感情を正の感情にきれいに反転させる違法ドラッグなどが次々と開発され、闇市場は忙しいようだ。

2 会社

会社は個人の意思で動くものではない。下の者から上の者まで、多様な人間の意思が合わさって初めて意思決定して行動できるのである。下の者が文章を起案すると、上の者が次から次へとチェックしていき、同意を示すハンコを押す。これを決裁と言う。決裁権者というものが定められており、たいてい課長などが最終的な意思決定をするのだ。ところが、この決裁がうまく行かないことがある。私の経験した例で言うと、期限内に書類を提出しないと営業上の大きな損害が生じるときに、書類について課長と係長の間で意見が一致せず、結局書類は間に合わず大きな損害が出てしまった。だが、損害よりも意思が一致することの方が大事なのだ。皆の同意を得ない文書を外部に出すなどいかなる場合も許されない。

さて、決裁は何事にも及ぶ。例えば私が長年付き合ってきた彼女と結婚するに当たり、部長の決裁を得なければならなかった。私はラブレターなどを添付して結婚する根拠をたくさん資料として集めたのだが、遂に部長の決済は下りなかった。私は結婚をあきらめざるを得なかった。だが、結婚よりも意思が一致することの方が大事なのだ。部長決裁案件で部長のハンコがない行為などいかなる場合も許されない。

私は仕事が嫌になって会社を辞めたくなったときがあった。辞表届にも決裁が必要な会社だった。すると不思議なことに辞表届は紛失してしまい、誰も決裁できなくなってしまった。私は数度にわたり辞表届を書き直したが、その度にどこかに紛れ込んで所在が分からなくなってしまうのだ。私は仕事を辞めたくて仕方なかった。だが、そんな気持ちより意思が一致することの方が大事なのだ。決裁が下りない以上仕事を辞めることもできない。

私には気に入らない部下がいた。思いの限り怒りをぶちまけ精神的に追い詰めようと思った。パワーハラスメントにも決裁が必要だ。私はすぐさま起案すると部下へのパワハラの決裁は速やかに下りた。私は思う存分部下をいじめてうつ病に追いやった。だがもちろん部下をうつ病として認定するハンコは押さなかった。部下は仕事ができないという理由で退職した。私は退職について喜んで決裁した。

3 業務

会社で働くようになると、仕事の能率を上げる行為や仕事に必要な行為は、仕事そのものでなくとも「業務」扱いされる。例えば、同僚のことをよく知ることも業務だし、同僚と親睦を深めることも業務だ。休暇をしっかり取ることも業務だし、飲み会に参加することも業務だ。社会人の業務は実に幅広い領域をカバーしている。

例えば、この間私は万引きをした。これもまた業務の一環である。万引きをするくらいの勇気は仕事上必要だし、人の目を欺いて素早く行動することも、迅速さが要求される我々の仕事には必要だ。なによりも、正しい法の領域から少し逸脱してみること、これは今後上役になっていくに従い少しずつ身につけなければならないスキルだ。万引きもまた業務なのである。

そして、私は店員に見つかり、事務所に連れて行かれ、詰問されても反省の意を示さなかったため、警察に引き渡された。これもまた業務の一環である。まず、異業種の事務所がどんなふうに作られているか知ることは仕事上参考になるし、簡単に折れない気持ちの強さはどんな仕事にも必要である。さらに、巨大な権力組織である警察の内情を知るなど、同じように組織で動いている私の業務上も参考になる点が多い。

さて、警察に呼ばれてからは、私はひたすら反省の意を示し、店にも丁寧に謝罪し、結局微罪処分で終わった。これもまた業務の一環である。会社で一番必要なのはこのような演技であり、特に謝罪する演技は何よりも必要である。それに、自分が仕事でミスした際にはそれ以降ミスしないよう反省し自己分析する必要があるので、反省の経験も仕事に活かされていく。

その後、当然のように会社から懲戒処分を受けた。減給3か月である。これもまた業務だ、と言いたいところだが、さすがの私もこれはおかしいと思った。万引きは業務の一環であったはずだ。私の能力を高めるための行為であって、会社に貢献する行為のはずである。

それがなぜ懲戒処分を受けるのだろう。これはおかしい。だが私はすぐに納得した。これは私に給料の重さを実感させるための教育的配慮であり、給料を会社からもらって働いているという労働関係の基本を実感させるための研修のようなものであり、やはり業務の一環なのである。会社で働いている以上、いかなることも業務なのだ。

4 自動車

自動車には神が宿っている。そう確信したのは、運転を始めて一年ぐらい経った頃だろうか。自動車が人間とは独立した別の人格を備えていることは、乗り始めてすぐにわかった。自動車は人間の命令通りに動いているようでありながら、その命令についていろいろ考えて判断しているように思えたのである。自動車は人間の手足が延長されたものではなく、独自の思考回路を持ったひとつの頭脳を搭載しているものだと私は思った。

そして、自動車は私の危険を幾度となく回避してくれた。あるときは、自動車でやって来たことを忘れて大酒を飲み、帰る手段もないためやむを得ず飲酒運転をして自宅まで帰ったことがあったが、私には運転した記憶がないのに翌日ちゃんと自分の家で目を覚ました。またあるときは、連日の残業により睡眠不足となりつい運転中に眠ってしまったのに、ちゃんと出張先までたどり着いてしまった。私はこれらを決して自分のなしたことのようには思わなかった。何か超越的な意識が介入することで自動車は私を救ってくれたのだと思い、畏れに打たれひれ伏した。

それだけではない。自動車はその発明以来瞬く間に数を増やし、今では地球の表面を余すところなく覆っている。この繁殖力には何か秘密があるとしか思えない。自動車の発明自体、超越的な意識の介入による神の必然のように思えるし、その後の自動車の発展や普及については、神の意志が介入しないことには不可能だったように思える。私は自動車の宗教的な意味について興味を抱き、大きな書店の隅っこで、ついに自動車と神との接点を説く書物に出会った。

私はその書物の著者と連絡を取り、今では自動車神を奉る教会の理事をしている。私たちの教義はごくシンプルなものだ。自動車を運転するとき、私たちの意識は自動車の意識と混ざり合う。そして、自動車の意識には自動車神の意識が分け与えられているわけであり、私たちは自動車を運転することを通じて自動車神と合一する神秘的な体験を得ることができるのだ。運転がもたらす神との合一によるエクスタシー。私たちの宗教は瞬く間に信者を広げていった。

運転にエクスタシーを感じる若者は爆発的に増加し、無謀な運転は多発し交通事故は急増した。社会は未曽有の交通戦争の様相を呈した。だが私たちは動じない。これもまた神のお導きなのだ。神の超越的な意識が、今若者たちを選別している。今、神は、将来世界文明の繁栄をもたらす若者だけを選び取って、無駄な人間を間引いているのだ。そんな私も、つい最近交通事故を起こして即死した。私もまた間引かれた不適格な人間だったわけだ。すべては神のお導きのままに。

5 守衛

私は王に伝えなければならない事柄があった。それでまず城の守衛に門を通してくれるように頼んだ。だが守衛は私の頼みを一蹴した。王がお前のような下賤のものを相手にするはずがなかろう、とせせら笑いながら。私は隣国の大使だったので、委任状を守衛に見せたところ、守衛は判断に困ってしまった。大使様を相手にしたことがないので、通してよいか分からない、守衛はようやく私にそう言った。私は何とかして通ろうかとも思ったが、通すかどうか決める権限は守衛にあるので仕方がない。

私は話にならないと思い、もっと大きな門へと向かった。そこは正門で、守衛の数も多かった。私はまた守衛に門を通してくれるように、委任状を見せながら言ったが、正門の守衛は、ことごとく私の委任状を偽物だとして退けた。委任状の入っている筒についている房が違うらしい。ところがこの房こそが本物の証なのだ。私は本物である旨主張したが、本物か偽物かを判断する権限は守衛にあるので仕方がない。

私は話にならないと思い、この国の役人の知り合いに話を通そうと思った。私は守衛に知り合いの名を告げると、そんな者はいないとの返答だった。だがその知り合いは確かにいるし、つい先日も文を交わしたばかりだったのだ。私はその知り合いの容姿や性格など細かく伝えたのだが、守衛はせせら笑いながら、そんな者はいないの一点張りであった。だが役人が城の中にいるかどうか決める権限は守衛にあるので仕方がない。

私は話にならないと思い、仕方なく自分のほんとうの身分を明かすことにした。私は敢えてこんな汚い恰好をしているが、実は隣国の王子であった。そして、王子としての証である金時計も持っていた。私は守衛に身分を証し、金時計を見せたところ、さすがに私を王子として認めてくれた。私は再び門を通すように要求した。守衛は私を門の中へ通したが、途端に金時計を奪い、私を牢の中に閉じ込めた。私はこの無礼な振る舞いに憤慨した。だが通行人を牢にぶち込む権限は守衛にあるので仕方がない。

新社会人

俺を呼ぶときは番号で呼んでくれ
58番、それでいい
今朝、こんなに立派な名刺が出来上がったが
所属と役職と名前と電話番号とメールアドレスと
全部要らないから
ただ使用済みの印刷用紙の裏側に「58」と書いて
俺に渡してくれ
俺はそれを名刺代わりに使うから

俺の人生を生臭く湛えているこの名前
こんなに呪わしくおぞましいものはない

さっさと消えてくれ
俺の組織での地位を表すこの役職名
こんなに仰々しく偉ぶった肩書はいらない
とっとと失せてくれ
俺の所属機関
だいたい俺はあんたを知らない
あんたには色も形もないし匂いもない
そんな抽象的なところに俺が収まるか
無きに等しい

俺に必要なのは
使用済みの紙の裏側に書かれた「58」という番号だけ
みんな、今日から俺を「58番」と呼ぶんだ
新社会人として、な

僕は仕事ができない

僕は仕事ができない
パソコンのキーボードの代わりに
ピアノの鍵盤を叩いてしまう

僕は仕事ができない
上司に報告するたびに
一時間の講義を行ってしまう

僕は仕事ができない
事務文書を作成する際に
一篇の小説を書いてしまう

僕は仕事ができない
取引先の業者さんと
親友になってしまう

僕は仕事ができない
怒るべき不当な事態に
静かに微笑を浮かべるだけだ

僕は仕事ができない
仕事ができるようになりたくて
仕事用の僕をもう一体別に作りました

恐怖

人々でできあがった柔らかな機械の中に
一つの緩やかな歯車として放り投げられました
皆さん幾つもの顔を持っていて
どの顔が本当の顔なのかわからない
結局本当の顔なんてどこにもなくて
表情が瞬間的に真実になってはまた流れていく
人間はとても怖い
ただひとつの真実を持たないから理解が難しい
その仮面の下で僕をどのように評価していますか
だが評価もまた流れていくもので
真実の評価なんて瞬間にしか存在しない

だから人間はとても怖い
ただ一つの態度を持たないから対応が難しい
質問すれば愛想よく答えてくれる
報告すればちゃんと聞いてくれる
回覧すればちゃんと読んでくれる
それはすべてただの義務でしかなく
それはただの労働で
心からの好意はないのではないですか
だが義務と好意もまた流れていくもので
義務も好意も本当は区別がつかない
だから、人間はとても怖い
せめて労働ではない純粋な好意を！

世界の外側

世界の外側に
もう一人僕がいる
あるいはそれは
何人もいる僕のうちの
たかだか一人に
過ぎないのかもしれないが
この世界の外側に
もう一人僕がいる

あの日君は喜んでいた
試験に受かったと喜んでいた

共に勉強していた僕も嬉しかった
だがそんな僕と君を
何の感動もなく受け流していた僕がいた
喜びと石ころにまったく区別をつけずに
世界の外側の
天国も地獄も追いつかないような場所で

あの日僕は驚き悲しんでいた
とんでもない地震と津波が起きて
ひどく揺れたし人が沢山死んだ
僕は言葉を発することができず
沈黙の中に無量の意味を込めようとした
だがそんな僕を
嘲笑うように支配していた僕がいた
温かくも冷たくもない掌を奇妙に掲げて
天災など人間に何も関わりがないかのように

世界の外側の
もはや言葉が心と闘わなくなった場所で

あの日僕は考えていた
仕事のミスをなくすにはどうしたらよいか
仕事に就くことで何を得て
何を失ったか
そして僕はばからしくて鼻で笑った
考えるより実践する方がずっとまし
だがそんな風に自分を外側から見ていた僕を
さらに外側から斜め読みして沈黙していた僕がいた
世界の外側の
すべての世界より大きな世界のさらに外側の
過去も未来も死に果てた場所で

裏返る

世の中がすべて
つくりものに思えるときがある

仕事に疲れた夕べ
ふと電車の中を見回すと
みんな人形だらけで
自分だけが人間
自分はこのつくりものの世界で
秘密の実験の材料になっている

倦怠と倦怠の隙間で

ふと街中の群集を見回すと
みんな正常な人間なのに
自分だけとんでもない病気
みんなそれを知りながら
自分を気遣ってくれている

人づきあいが厄介になった昼
ふと事務所の中を見回すと
みんな美しく整っているのに
自分だけ醜い野獣
みんな知らないふりをしながら
本心では自分を嫌っている

ぎっしりとデスクの並んだ職場で、社員たちは互いに協力しながらてんでに仕事をしていた。データを入力したり、書類を作成したり、文書を印刷したり、メールを確認したり、同僚と打ち合わせたり。私は職場に配属されたばかり、ミスをしては指摘され、少しずつ正しい仕事の仕方を学んでいるところだった。まだ社員たちがどういう人かもわかっていず、漠然とした不安を抱きながら、やることに自信が持てずに、きわめて不安定でありながら硬直的に仕事をこなしていた。社員たちの機械的な手際と動きは、乱れることを知らないかのような人工的な秩序を形成していた。

そのとき、窓の外に大きな虹がかかった。中年の女性の係員が虹の存在に気付いて、「虹！」と周囲に注意を喚起した。課長から部長から、みんな窓の方へ寄り、大きな虹の美しさに見とれた。それまでの人工的な仕事の秩序はきわめて柔軟に連携を解かれ、職場には自然美とそれを眺める一群の人々という、規律も労働も何もない風のような時間が流れた。やがて、社員たちは次第に元の人工的な秩序に再び組み込まれていった。

私は、この虹の出現によって、何かが種明かしされたかのように感じた。未だ馴染めていない職場の物質的に見える機械的な社員たちの動きは、実は手品のようなものであり、それを動かしている本当の原理が明らかになったように思えた。自然の美しさに仕事の手を休めて眺め入る人々の優しい空白がとても美しく、その美しい感受性が仕事のすべてを根底から支えているかのように感じた。手品の種は、不意の美しい出来事によって鮮やかに明かされた。

通勤電車

電車に乗ると山が見える
起きたばかりの汚れのない視線は
くっきりとした稜線を山と共に描く
この人の多い車内が
あの山の頂上へと静かにつながっていて
何物かが常に往き来している
その気配が濃密に立ち込める

電車に乗ると雲が見える
この街には老人が多くて
これから私も老人になっていく

その先にはきっとあの雲になって
新しく生まれるものを祝い続ける
老人の乗客は既に雲の装い
空高く人生を俯瞰している

電車に乗ると空が見える
車窓の風景には緑が多くて
この緑は空の青が醸成されてできたもの
これまで破れた夢や理想
みんな空へと打ち上げられて
やがて十分熟したうえで
庭木の葉の色として降りてくる
昨日失ったものを空に投げ捨てて
この通勤電車の車内で今日が始まる

名刺

はじめ名刺は刃のように
私を私から切り離した
名刺の上には私の生首が乗っていて
所属や肩書など嘘ばかりべらべらしゃべる
私は生身の人間だ
そんな機関にはまだ身を任せていないし
そんな偉そうな肩書には反吐が出る
私は腹の底から反論し
白目をむいた生首といつまでも口論した

だがいつしか名刺は葉のように

私という枝から素直に生え出る器官になった
私は生身の人間であるがゆえに
そのような機関と馬が合うし
そのような役割を果たすことに喜びを感じる
私の身体を一枚削れば名刺が生まれ
私は名刺を自分そのものとして沢山の人に与えた
相手の名刺入れには私という人間が
果実のように丸ごと収まった

だがやはり名刺は石板でしかなかった
一度記された私の存在はいつまでも動かない
水のようにしなやかな私の変化に名刺は追いつかない
名刺の上には私の死体がよこたわっている
私はもうそこに書かれているより一層
社会にみなぎる生命を摂取し
夥しい責任を成果として社会に還流させている

生きた私はもうどこにも記されていない
名刺はもはや一枚の偽造文書
私はそこから社会へと限りなく溢れ出してしまう

仮構

多くの郵便物が飛び立ち、多くの郵便物が開封された。極秘文書や契約書、冊子に至るまで、この事務所は港のように吸い込んでは吐き出す。多くの人たちの人生の中枢がこの事務所に呑み込まれていて、人々は郵便物のように集まっては飛び立っていく。社用車は駐車場に整然と並べられ、行軍しては鈍く世界を反射する。人々は自分のデスクの前に座り、遠い沙漠や遠い海からの輸出品でできたコンピューターに複雑な表皮を映している。生きることに理由はいらない、死ぬことに理由がいらないように。事務ミス、ハラスメント、災害、個人の悩み、事務所の悩み、すべてが合一する位置が必ず存在するはずだ。危機管理、コンプライアンス、透明性、説明責任、メンタルヘルス、仕事はスリム化され効率化され解毒されていき、零点に収束するものと無限に拡散するものが等しく執行されていく。無尽蔵に消費されていく労働、いや消尽していく労働というべきか。給与は労働の対価ではなく、承認こそが労働の対価であり、上司や部下・同僚に頼られることや自ら達成感を感じることにこそ労働の祝祭性は宿るのだ。労働は血や性の匂いがする。労働は混沌とした生臭い情熱に突き動かされながら、仮構された論理や秩序に則ってフィクショナルに展開していく。すべてが劇中劇であり、すべてが作為的なテクストに過ぎない。実存が仮構され、仮構されたものが実存に食い込む。生臭い根源と秩序立った筋道とが交互に追い抜きながらこの事務所には明日が育っていくのだ。時制はいつでも未来形であり、この事務所には未来の仕事しか存在しない。人々は未来の舞台の上で己の内臓と他者の内臓との辻褄を合わせている。さらば人文学、その狭隘な自意識に飽きた。

一　職員

実存は講壇で論じられるものではなく、勤労の現場で生きられるもの。勤労者は自らの青い実存を社会にさらし、不条理の網に引きずられている。「仕事には筋と理屈があり目的に向かった体系に沿っている」その哲学は天上の楼閣のようなもので、大地の上では不定形な仕事の匍匐運動が見られるだけだ。実存が実存を採用し、採用された実存が出世して部下の実存に指示を出す。死すべき実存たちは先駆的に結婚し住宅を購入し退職する。

朝早く出勤して職場の鍵を開けると、そこには職場の死骸が広がっている。誰一人いない職場で電灯をつける。従うべき正義はいくつもの尾を持つ蛇のようなもので、それぞれ貪欲に私を食らおうとしていた。自らの正義などいかほどの権力も持たない。組織において私は個人ではなく、主権は個人に存するのではなく、あくまで組織に存するのだ。

期日から逆算して仕事の手順を組み立てる。期日は現代における何かしら魔的な時間だ。魔術は古来から犯しがたいタブーを背負っていて、魔術をもとにまつりごとはなされていたが、現代においてもそれは期日という形で残されている。期日を必ず守らないと、不吉なことが一族郎党に降りかかるのだ。組織というものも畢竟祭祀的な空間にほかならない。

理は尽くされない。すべての理を尽くすのを待つほど社会は悠長ではない。それを理不尽という。社会はいつも気忙しく、焦っていて、余命がいくばくとないのだから、そこでは当然理の不徹底が生じる。社会の乱走に個人の足並みなど所詮ついていけないのだから、その速度の差に理不尽が宿るのは当然だ。個人はこの速度の差を埋めるために組織を作ったが、それでも未だに社会の怪走にはついていけない。

暴力

試されているのはいったいどの暁だろうか。抉りとられたままの世界の軋む音が聴こえる。根拠なく発生し続ける存在は、ただ相対的に存在するだけで暴力として発芽する。見失う片目の行く先には過去の清冽な流れが伴い、希望を口にすることだけが宗教的に許されている。人は熱帯雨林を生き抜くために、社会という暴力の坩堝のかたわれとして常に意志を巻き込んでいく。斧を振り下ろすとき、どの一振りに最も苦味を込めるか、どの一振りに最も空間を焼き込むか、振り下ろす者は何も考えていない。人生と人生とがつながっている節目ごとに切り立つ感情の砂があり、誰のものでもない憎しみが刻まれている。この世の果てに何もない原っぱがあるという、そんな希望だけを美酒として飲む。せめて届かない言葉を、射抜かないまなざしを、矛盾に満ちた論理を。暴力とは一杯のコーヒーに過ぎない。そこから肯定も否定も生み出し、他の暴力たちと複雑な文様をかたどっていくもの。暗闇から徐々に朝の光が射してくるこの見慣れた過程の最中に、奪われた名誉をいくつも祀っていく。日本はここに存在する、そこにもあそこにも遍在する、この日本を形作っている暴力に人はみな連なっている。怒鳴る声や執拗な叱責が植物を窒息させ農業を衰退させるのをしばしば目撃した。エッジに立たされて敗北し続ける人を、共生のエッジへと、生命のエッジへと、どこまでも包摂していきたい。暴力はすべて愛という高次の暴力へと高めていきたい、と手帳の末尾には記されていた。

金曜日の果て

わずかな差分ずつ傷ついていては癒されてきたものが、それでも癒し切れずに細かな傷として残る。労働者の一週間という球体めいたものはいつしか傷だらけになり、傷が痛んだり傷から出血したりしてくる。金曜日、労働者がもっとも傷を負っている日であり、労働者が休日への期待でその球体を一層膨らませている日である。一週間を描き切るんだ、僅かな差分ずつの犠牲を丁寧に弔いながら。一週間の論理を探し当てるんだ、僅かな差分ずつの球体の膨らみと弾性を厳密に測定しながら。夏日に球体を焦がされた労働者は寝床に至って出血に呻く。傷を生み出す代表格としてのストレス、この鋭利な切り口はふさげない。ただ労働するというそれだけで内側から傷は浮かび上がってくる、この生理的な傷口は鈍重である。金曜日の果てに捨て去れるものはすべて捨て去るがいい。次の一週間が来る前にきれいに論点を整理してプロットを練り上げるんだ。労働者は深く眠る、その球体に虹色の血液を巡らせながら、金曜日の果てに向かって。

年度の終わり

どしゃぶりのように一日がはじけ、次の一日へと突き当てる船首を送り出している。葬られた市街地にはダンプの轟音が反転し、除染作業員は冷たい海を交換し始める。この一年間はいずれ無限に回帰し、そのたびごとに色を強めていくだろう。堤防には涙が打ち寄せ、犯罪の死骸が打ち上げられている。意味の季節、野の花にも過大な意義が打ち込まれ、人間たちも一つ一つの行為を美しく装飾し始める。正義と悪徳とが形を定めることなく混じり合いひそかに更新され、終着駅であり始発駅であるこの駅舎には喪失と決意ばかりが運送される。一人の男が仰向けに再びの生を待っており、もう一人の男は時間の層を異様に厚く着込んでいる。視力を失った目にはこの世で一番美しい風景が映り、聴力を失った耳にはこの世で一番豪奢な音楽が届けられる。歴史に打ち込む楔の密度はじっくりと高まり、彫り上げる輪郭のために美しい物語が運ばれる。今日、平凡で煩雑な事務が表面的に引き継がれ、非凡で単純な原理が根源的に回帰した。散逸していく社会の記録が極小の単位に押し込まれ投げ飛ばされ、人の面持ちはどこか疲れている。

コンプレックス

I

前へ逆らってくるものに濁った静寂を飲ませよう。人間は平等な墓石の上で草になるのを待っているから。広がって他を照らそうとするものをそれ以上の絶対的な光で鎮めよう。あらゆる広がりは人間の狂った尊厳が自滅した痕跡に過ぎないから。人間は結合しましたね、磁石のように。結合した人間は関係を吐き出し雲を作り、その雲を社会と呼びます。雨と雷が泣き声になって降ってくるのはそれが歴史だから。磁石の磁場をどこまでも微妙に感じてわずかな振動を与え、雨と雷の悲劇を楽しみつつその虚構性に存在の真実を認め、ただ振り返ることもなく社会をケーキのように切り分けてゆっくり食べること。それだけでいい。自分の頭を光らせる必要はないし、自分の頭を風呂敷のように広げる必要もない。光と広がりは既に社会が精妙に構築してあらゆる人の体をぬぐっています。ひとまず息を緩やかにして社会の指使いを体の奥にまで通して行こう。

いくつもの整った服を重ね着して、いくつもの高価な装飾品を身につけて、皮膚がどこまでも進化していく映像を描き直していく。そんな映像は懐疑を許さないという意味で猥褻だから。映像を駆動する順応のオイルは空虚だから。肩書、業績、成功、そこに至るまでの演奏には正しい不協和音が足りな過ぎるんだ。リズムの逸脱が検閲されているし、そもそもホールを抜け出して雑踏の中で演奏するという芽をきれいに摘んでしまっている。皮膚はもう厚くならなくていいから内臓を豊かにしようよ。グロテスクで醜いけれど生命そのものである内臓に繊細な翅をいくつも与えるんだ。内臓は瞑想の中でわずかに飛翔する。皮膚を覆うのは雨と風と日差しを避けるだけのシャツで十分だ。内臓は思考の瑞々しさによって血を受け、知識の華やかな乱舞によって構造化され、どんどん醜くなっていく。とても醜くてとても豊かな内臓が、とても薄い皮膚を限りなく美しく保つんだ。

ジャズ

都市の迷路に波打っている緑の原点たち
原点たちはどんな香りをも演繹せず
冴え渡ったおしゃべりの隙間に破裂して飛び散っている
おしゃべりは思想という場違いな花を排水溝に流し続け
ビル群の記号的メッセージをざわめきながら看過する
原点は内容や伝達による波の広がりを打ち消す波を作り
原点は広がりを持たない色彩であり重みをもたない錘である
音楽の絶え間ない螺旋から人間と自然が発生してきたときにも
原点はそれに先立つ音楽の都市の水路でただのあぶくだった
修飾する声帯だけを持ったレトリックの都市
人間は都市の片隅で茶色の原点に姿を変え

緑の原点と分子結合して共に愛のない踊りを続ける
声帯は愛も憎しみも分解して寄せ集めて建築に変えてしまう
都市は構造を脱ぎ捨てて声帯を切り刻み
原点は都市から滑り落ちて音楽が忘れてしまった自由をすべて思い出している
音楽の都市を守ろうとするいかなる正義も鳥の死骸のように意味がない
都市の声帯を知ろうとするいかなる真実も落し物のように居場所がない
夜が始まろうとするとき原点は呼吸をやめ
朝が始まろうとするとき都市は崩れ去る
声帯は死んだまま人間の原理に逆らう歌を歌い続け
音楽は流れをいくつにも分けて人間をどこまでも迂回する
昼が始まろうとするとき
すべては逸脱したまま、無構造のまま、死んだまま、
高らかにジャズを鳴らし始める

異郷にて

街の憂いと親しみはどこまでも硬くて、例えば道の一本歩くにも違った脚の使い方が必要なようで、私は厳しく広がる風景の外部を見やっている。新しい部屋はまだ散らかったままで、変化に常に伴う混沌が妙に真新しく、風の断片ばかりが整然と並んでいく。異郷は果たして私を愛するか、そもそも愛の発生など信じておらず、無残な漂流物がいつの間にか私と異郷との間をつないでいる、それを愛と呼ぶための記号が足りない。職場で嚥下する知識と経験によって私は震撼する、新しく結ばれた世界の窓と窓とが風を交換する。時間という音楽の一種と空間という彫刻の一種が、いまだ私の基底になれずに花ばかり咲かせている。異郷にて、人々ばかりが私を滑らかに運行させていく。これほど固有性が喧伝される人間というものが、実はどれだけ普遍的で相対的なものか、それは異郷に来ると分かる。異郷にて唯一私を拒まない種族、異郷にてむしろ私を導いてくれる系統、それがこの人々と人々であった。人々はどこにいようとみな同じ回路と同じ暗号で通じ合える、いう自然の産物は文化でもって高度に宥和し合っている。私はなじめない異郷において、人々の表情とだけは不思議となじめるのだった。あれほど激しく否定していた人間という種族だが、所詮私も人間という種族だった。

窓を開ける

窓を開けるんだ
向かいのマンションには
規則正しく電灯がついている
屋根と受信アンテナが見える
国道沿いには
リサイクルショップの看板があり
車両の通行する音が波打つ
すべてが小さく息づいている
これが人々の生活だ

窓を開けるんだ

空には明るい雲がゆっくりと這い
やがて裾野では山地へと至る
山々は青く色づいて
上部には雪が残っている
風は心地よく額を冷やし
光は和やかに視線を熱する
すべてが人々の始まりである
これが到着すべき自然だ

窓を開けるんだ
この窓から見えないもの
飛び交う電波や
窓を設計した図面
故郷の山河や
異国の人々の生活
道路交通法や

役所の組織形態
すべてを見尽くすことは不可能
これが世界の構造だ

任期満了

私のときは震災で
激励会どころじゃなかったんですよ
他の職員の定年退職時の激励会に向かう途中
あなたは淡白にそう言った
Ｈさんは今年で任期満了ですよね？
お別れ会はやらないんですか？
私は過去の人間ですから
別にいいんです
あなたはまったく真率にそう言った
定年退職後任期付き職員として勤め
今年度で任期満了となったＨさん

毎朝誰よりも早く出勤し
みんなのゴミ箱のゴミ捨てから一日を始めた
決して怒らず決して主張せず
ただ黙々と仕事をこなしていた
私はあなたの悲しみのために
この任期満了という一つの喪失のために
何も捧げることなどできない

新入社員

自らを美しく飾り立てて
美しさを測る試験に合格した君には
これから静かに醜くなっていく義務が課されている
晴れた青空が虚構であるように
君の抱いている夢や希望も虚構に過ぎない
現実は大地のように険しく強硬だ
今、君の目の前には大地が広がっている
その大地は限りなく広いだけでなく限りなく深い
大地は複雑な構造物や混沌によりできあがっているのだ
大地の投げかけてくる構造を
一つ一つ解き明かして社会へと開いていくこと

それが君の仕事だ
荒れ果てた大地に道や畑を作っていく
それが君の仕事だ
大地とともに不条理の雨に耐えること
それが君の仕事だ
いつしか君のスーツは汚れて一層黒くなる
いつしか君のシャツは破れて雑巾になる
新しいスーツとシャツを新調するとき
君は大地の謎をまた一つ解き明かしているのだ
社会は強力なネットワークだから
君もまた強靱なネットワークを構築して
君たちの網で混沌をからめとっていくのだ
混沌に一つずつ道筋をつけることで
君は達成し喜び成長する
うねりゆく大地とともに咆哮を上げろ
ときおり現れる青空を糧として

無口ゆえに

すべてを話せるのなら
詩なんて書かなかった
人の間に立ち
場に即した言葉を選んでいるうち
いつしか僕らは機械のように
必要最小限しか話さなくなった
これを話せば秘密が漏れる
これを話せば相手を傷つける
これを話せば変人だと思われる
人の間に立ち
言葉には見えない壁がいくつも立ちはだかる

壁を越えていくのは事務的な言葉だけ
ほんとうの言葉は
いつでも壁のこちら側に隠れている
僕らはそうしてほんとうの言葉を話すために
こうやって密室で詩を書いているのだ
言えない言葉
言ってはいけない言葉
みなさん
僕らは無口であるがゆえに
詩人になりました

小詩集　エセー

I　鏡

ブログを書くという行為は白紙を黒いしみで汚していく行為であり、無垢な幼児に有害な社会教育を施す行為である。何も存在しなかったはずの透き通ったウェブ空間に、自らの存在の汚れをなすりつけていく。人間は存在自体が汚れであり、その肉体・思想・感情、豊かであれば豊かであるほど汚れている。だが、善と悪とが同義であるように、この汚れは美しさと全く同義なのである。ディスプレイが文字で汚されていくと同時に、美しい音と意味と形の建築が徐々に出来上がっていく。すべての汚れは美しく、すべての美は汚れている。すべての存在はこの両義性の隙間をするする螺旋状に伸びていく蔓のようなもので、文字を打ち込んでいくごとにディスプレイは美の激しい揺らめきで残酷な傷痕を負っていく。

(だがそもそも白紙は無垢だったか。白紙は真っ白に汚れていたのではないか。ペンキ、精液、修正液、そういうもので分厚く汚されているのが白紙ではないのか。白紙には汚れが先立っている、存在が無に先立つのと同様に。ブログを書く行為は、汚れた白紙を元に戻す行為、文字の輪郭でもって背後の暗闇を取り戻す行為、そう言ってもいいかもしれない。)

ブログは自分の同一性が事典のように少しずつ継ぎ足されていく場所である。自分の考えや趣味・感受性など、自分の在り方にとって要となるものが層状に積み重なっていく場所である。ブログを開いてみよ、そこに自分がいるではないか。もう一人の自分ではなく、ブログは自分の身体の延長線上に体を開いている。ブログは新しくできた自分の脳であり口であり耳であり眼である。ブログが自己と同一になったとき、ブログは自分を際限なく許してくれる居場所となる。どんな自分でも、ブログもまた同一の自分なのだから、そんな自分の煩わしさを母親のように許してくれる。どんな無駄話、愚痴、自慢、一方的なディスコミュニケーション、すべて許してくれるのが自己の過程であり延長であるブログ空間だ。

(だがそもそも自己は一枚岩だったか。たとえブログが自己の延長上にあったとしても、そもそも自己が臓器のような複雑な混成体をなしている場合、果たしてそれが投影された場が同一性によって統一されているとはとても思えない。むしろ積極的に自己は悪意に満ちたカオスだと言ってもいい。そんなカオスの居場所もまたカオスであり、カオスがカオスを許してくれるはずなどないのだ。)

あるときブログを書籍化してみた。一つ一つ孤立して、気炎を上げたり消沈したりしている記事たちに愛情の薬液を与えたのである。本として慎密にまとまったブログは、それぞれの記事が紙として肌を寄せ合っていた。時系列上にランダムに散らかっていた記録が、自分の本棚の中の一冊として、落ち着いて親しい体温と魅力を放つようになった。過去の自己が掌に与えられたとき、もはや私は孤独ではなかった。過去の自己は確かに今の自己とは違う路上を歩いていたが、確かに今の自己と同じ太陽を浴びていた。自分はもう孤独ではない、自分の欠落は過去の自分によってまんべんなく埋められてしまった。

(だがそもそも自分は孤独だったか。ブログを書籍にしなくても、過去にその記事を書いた記憶は形を変えながらも自分の中に堆積していたし、それ以上にブログに書かなかったことも自分の中には華やかに飛び交っている。ブログに書かなかった言語をすり抜ける体験の記憶は、何よりも現在の自己に親しく、そちらの方が自分の孤独を癒してくれているのではないか。ブログなどなくてもよかった。言葉にされず沈黙の相手をさせられた体験の方がよほど自分の欠落を埋めている。）

ブログは鏡のようなものである。ブログには顔かたち、風采や風格が映し出されるし、一つ一つのしぐさ、その癖もまた映し出される。それだけではなく、ブログは無形なものに形を与える場所であり、目に見えない痛みや喜悦を空間の中に映し出す場所でもある。さらにその鏡の角度はあらゆる方向を向いていて、どこへでも出張していくので、いとも簡単に覆いをすり抜けて、秘された無数の果実を映し出していく。ブログは自分の根底にある栄養源のようなものをいくらでも吸い上げてしまう。

（自分はブログとコミュニケートする。自分の発するものがブログという鏡に正しく映し出されるとは限らない。このブログという鏡は、いびつでところどころ曇っている厄介な代物で、うまく自分を発信しないと予想した映像を返してこない。自分の未知の部分が鮮やかに映し出されたり、自分の誇らしい部分が曇らされたり、なかなか自分を手玉に取るのがうまい。コミュニケーションなどとっくに放棄しているのだが、それでも懲りずにどこまでも話しかけてくる。）

2 血

家族は血のつながりであり、歴史のつながりであり、土地のつながりであり、愛情のつながりである。家族を泉として、そこからつながりが徐々に遠くへと流れ着いていく。血のつながりは遠い祖先の瑞々しい表情にまで脈を走らせる。歴史のつながりは地球の物語の始まりにまで捜索の足を延ばす。土地のつながりは山から山へ、雲の影と共に大地を走り尽くす。愛情のつながりは共同体から社会・国家を駆動するチェーンとして規模の拡大に堪えていく。

(家族はいつでも偶然出会っている。親から産まれた子供は必然的に親と出会うようでありながら、そこにはいつも偶然の軽やかさと風通しの良さがなければならない。たまたま同じ車両に乗り合わせた乗客同士、たまたま同じ講堂で隣に座った学生同士、そんな初々しさとよそよそしさが、家族の濃密なつながりを成立させるために不可欠になっているのだ。家族がいる。呼吸をする。家族がいる。風が立つ。家族が話す。草がなびく。家族は人間を取り囲む自然そのものだ。)

家族においては主観性が私の形体を超え出てしまっている。家族の誇りは私の誇り、家族の恥は私の恥。家族の磁場が身びいきの振り子を揺らし、家族の電場が近親憎悪の嵐を吹かす。家族のことを眺めるとき、どんなに透明なメガネでも巧妙にレンズが加工されているし、そもそもメガネをかけないと肉眼が自ら色を帯びてしまう。家族の客観評価は記述され得ず、すべての評価は主観性の感情によって血が通されている。

（兄は兄である以前に私であり、私は私である以前に母であり、母は母である以前に妹であり、妹は妹である以前に父である。家族の中で風邪が一巡するように、家族の中では一人の喜びも悲しみも一巡する。私性は決して秘されたものではなく、ごく普通に家族の中で共有されているし、家族の私性もまた私によって十分飼い馴らされているのだ。）


私がかつえているような言葉、私を血の流れでもって肯定してくれる言葉、そこに家族のひらめきがある。心より発され、心より案じてくれる言葉は誰から発されようと家族の言葉だ。だから家族に血縁関係は必要ない。かつて、私が自己嫌悪と自己否定の病に侵されていたとき、親しかった女性に言われた「あなたはとても魅力的です」という言葉、命と血が通った言葉、そこに家族の真髄はよこたわっている。

（誰であろうと、命の温かいやり取りをする者同士は家族である。命を狙い合うのではなく、命を与え合うのである。私はその女性と遂に結婚することはなかった。だが私の最も欲していた言葉を的確に発した彼女は誰よりも家族の資格を備えていた。恋愛とは畢竟、血のやり取り、命のやり取りであり、だからこそ男女は血のつながりがなくても家族になることができるのである。)

3 幸福論

人間の行為を肯定するために幸せは捏造されました。仕事、ギャンブル、放浪、それが幸せであれば許される、そんな風に幸せでもないことが幸せ扱いされましたが、当の幸せ自体は空っぽの何でもありでしかなかったのです。幸せが空虚であるところから人間の幸せへの希求は始まるのです。人間の行為は大きな悲しみに向かっています。あるいは大きな喪失、大きな怒り。人間は梯子を掛け違える生き物です。掛け違えることでしか正しく梯子を掛けられない。サラリーマンが取引相手と交渉に成功します。コンビニの店長が売り上げアップに成功します。その先にあるぽっかり空いた涙の出るような空間、そこに幸せはあるのではないですか。どんな栄光も厳しく否定するような熱に満ちた空間、人はそこで泣き崩れることしかできないような空間、その空間を支配しているのが本当の幸せではないでしょうか。

幸せであることは人間であるための条件です。幸せでない人は人間としてどこか奇形と言え、人間として不完全です。ですが、不幸せな人の作り出すもの、例えば彫刻・絵画・文学、どれをとっても一流に美しいではないですか。幸せと美しさは矛盾するのです。不幸せと美しさが整合するのです。だから、結婚式の美しさ、新郎新婦の圧倒的なたたずまい、あれは本当の美しさではない。葬式の悲惨さ、離婚裁判のやるせなさ、そこに美しさが宿るのです。美しさとは不幸せがその欠落を埋めるために弾力的に運動し始めるところに宿るのであり、不幸せが歴史の末端で太陽と海とを混ぜ合わせるところに悠々と聳え立つのです。幸せは人間の生物レベルでの小さな平衡にすぎません。それに対して不幸せは宇宙と人間との関係で引き起こされる絶え間ない相克の削りかすが感情に変化したものです。

幸せは直接追い求めるものではありません。つまり自分がじかに幸せになるものでもありません。他人を幸せにして、その他人の幸せの照り返しを受けるところで間接的におこぼれに与かる、そんなところに本当の幸せはありはしませんか。じかに追い求められた幸せはどこか空虚です。それは自分しか満たさないからです。他人を大きく満たし、他人から溢れ出してくる幸せに同期するということ。そこに本当の幸せはありませんか。お金がなくて困っている人にお金を貸してあげる。そのときの相手の喜びが自分に跳ね返ってきませんか。その跳ね返ってくる喜びは、自分と相手が共有することのできるかけがえのないものではありませんか。幸せを独善的な満足で終わらせず、他人とのかけがえのない連帯を生み出すものとして用いること。僕はそんな幸せがいいと思うのです。

時間

大学を出たあと、私は郷里に帰り塾講師として働いていた。郷里は自然の風景が多分に残っている田舎町であり、私の家もまた自然に取り囲まれていた。朝、鳥たちの声と影を庭に認めながら、朝陽を浴びた庭木の輝きに緩やかに身を整える。雪が融け、凍った大気と光も徐々に融解していく中、間歇的に訪れる春に身をほどく。家の軒先と野原や果樹園にまばらながら花々が咲き始め、やがて花の嵐となる。そんな風に自然の時間は流れていき、私はその流れに身を委ねていた。一方で、午後からの塾での個人指導の流れもある。タイムカードを押して、生徒にあいさつして、勉強する内容を指示、答え合わせ、間違った部分を解説、そして次の生徒へ。労働は私の表面も内面も規律し、労働の時間の流れにも私は身を委ねていた。

そんな春のある日、本棚を整理していたら、学生時代に購入したカントの『純粋理性批判』ドイツ語原典を再び見出した。途端に、私の中に甘く苦しい感傷が流入してくるのがわかった。私は本来大学院に残って哲学の研究者になるのが夢だった。それは経済的な理由などにより諦めたのだけれど、その夢の挫折の傷口が急に開いてしまったのだ。私の中に流入したのは、何よりも私固有の時間だった。自然の時間や労働の時間によって覆い隠されていた私固有の時間が、夢の挫折という形でくっきりと、そのとき悠々たる流れを眼前に現したのだ。自然の時間の流れは、雄大で全方位的で極めて優しい。私はその流れに自分の卑小さを解消させていた。労働の時間の流れは、社会的で肯定的で極めてリズムが良い。私はその流れによって自分が承認されるのを快く思っていた。だが、自然と労働の流れに身を委ねているうち、私は自分固有の時間の流れを見失ってしまっていたのだ。それは沢山の屈折と傷と闇とねじれに彩られているもので、だからこそあえて見ないようにしていたのかもしれない。

私はいくつもの時間を生きている。他者との交わりの時間、自然に抱かれる時間、社会の仕組みに従う時間、余暇にふける時間。私はそれと同時に、私固有の何よりも強靱で鋭い時間を最も深く生きている。だがそれは、最も隠蔽されやすく、最も自明な時間でもある。自然の時間も労働の時間も、その発祥の基礎には私固有の時間がある。私は『純粋理性批判』を棚に戻すと、こみあげる涙を辛うじてこらえた。私固有の時間が、今これから白日の下に再び始まる。自然や労働の時間を織り直すように。

燃焼

私の絶望は何かの病巣のようであって、その病巣はたえず再生産しながら増え続けている。確かに若い頃、万策に窮して絶望の源の方まで落ちていったことはたびたびあった。だが私は結局絶望を燃やし切ることができなかった。絶望の核に至る前に引き返してしまい、絶望をその根っこから完全燃焼させることができなかったのだ。だから私は真に絶望したことがなかったと言っていい。絶望はただ迎え入れられ、私は絶望と共に激しく燃えても決して燃え尽きることがなかった。

今でも季節が盛り上がるような時期に、誰かの落とし物のような絶望に見舞われることがしばしばある。今まで生きてきて何一ついいことがなかった。俺は結局誰からも真に愛されることがなかった。俺は全く無力で救いようがなく汚れている。こんな想念が大気を着色するかのように私の風景を狭める。つまりは、絶望の病巣がまだ活発に生きている証拠なのであって、若い頃に絶望と共に燃え尽きることのできなかった私が燃え残った絶望の飛び火をたびたび浴びるという具合なのだ。

だが絶望は果たして忌むべき病巣なのだろうか。絶望しているとき、人は何事も待たずに済む。人は余りにもたくさんの美しいものを待ちすぎている。それに、絶望しているとき、人は何事も探さずに済む。人は余りにもたくさんの尊いものを探し過ぎている。絶望は、人が常々負っている「待つ」「探す」という負担を免れる心の状態であって、だからこそ絶望はひめやかな快楽を伴うのではないか。

そもそも絶望は私の内部に巣食う病巣であったろうか。それは社会と共に社会の側に存在するものではなかったか。確かに絶望は孤独に発生し、無条件・無根拠に人を襲うものだ。だが、その孤独や無条件・無根拠という状況は個人と社会の隙間に漂っているものではないだろうか。絶望は純粋に個人的でもなければ純粋に社会的でもない。個人と社会との呼応の関係に乗っていくものであろう。

会社帰り、駅のホームで、群衆に紛れながら、疲れた私は何かの火花のように絶望に燃やされることがある。絶望を燃やし切ることは果たして可能なのだろうか。二度と絶望が訪れないようにすることは、果たして。私は絶望と共に燃えてみる。社会も火種にくべて精一杯燃えてみる。何の負荷もない状態でただただ燃え続けていき、このまま灰になってしまったら、私の青春は本当に終わってしまうのではないか。病巣としての絶望は青春を、若さを、私の中に保ち続けてくれたのではないだろうか。

遠い空

遠い空の明け方の光のもと
純粋なデモが始まった
幾つもの国境と限界を越えた先のデモだけれど
空を渡ってこちらまでシュプレヒコールは届いてきた
純粋なデモの純粋な示威行動と純粋な主張には何も内容がなかった
ただ純粋な行為としてデモは内容を持ってはいけなかった

遠い空はいつまでも遠く
決して近くなることがなかった
遥かな理想や高邁な哲学が
遠い空にはいつまでも秘されていた

飛行機も船も何もかも遠い空には及ばなかった
遠い空は搦め手を待っていて
逆走を求めていた
正確な正攻法は遠さを近さに変えることができない

僕たちはとりとめのない話をしながら
気持ちは遠い空を揺蕩っていた
親しい友人たちや恋人たちの気持ちが飛んでいく場所
それが遠い空である
僕たちはお互いの眼差しを感じているが
この眼差しは遠い空へと幾筋も伸びていき
いつまでも保存されるのだった

遠い空の夕焼けの光のもと
テロ組織が国家に戦争を仕掛けた
民間人は死に大国が武力介入し多くの血が夕陽のように流れた

遠い空は山を映すように戦争を映した
木々の芽吹きと人間の死とが遠い空で等しく絡まった
無差別で無批判に何もかも映し出してしまう遠い空
その限りない優しさ

難解な朝

朝は難解である
アスファルトの奇異な色彩
人気のない誇張された静寂
待合室は不自然に明るく人を拒む
僕は始発電車に乗ろうと
駅のホームに立っているが
朝は難解である
時間は動くのをやめたかのよう
全てが終わった後の厳粛さに包まれ
光は目のあらぬところを貫く
これから仕事であり

僕はスケジュールを立てるが
朝は難解である
どこか狭間にはまり込んでしまった世界
新しいがゆえに言語化されていない風景
全てが虚構のようにみずみずしい
僕は朝を反射する
僕は単純な原理である
朝はこだまを返してくる
ずっと難解なままでいさせてくれと
それにあなたもひどく難解だと
そうこだまを返してくる
互いに難解であり続けることで
僕と朝との対話は尽きることがない
朝は本当はひどく単純だ
僕が単純であるのとまったく同じ理由で

器

人間の体は労働により徐々に疲労していき
ある真夜中に一つの硬い器となる
器は木ずれの音も雷光もなにもかも呼び寄せて
きれいにその中に収めてしまう
疲労というこの硬い器には
幾つもの突起があって
夜風で飛んでくる他者の息吹のようなものをひっかける
革命は沈降した
疲労は勃発した
器の表面に走る静脈には
労働だけでなく生活や恋愛や享楽なども含まれる

疲労は快楽からいちばん生じるため
そして労働は最も禁欲的な快楽であるため
器の中心にある心臓では
過去の刺激が流体となって押し出されている
この疲労の器を生かしている色を捨てた過去
この廃墟の器に倦怠を常に供給して
瞬間ごとの亀裂と崩壊によって生まれ変わらせていく
真夜中に疲労の器と化した人間の弱いまなざしには
世界中の激烈な視線が一斉に返されていく
今日も明日もない時刻の零点において

額縁

仕事上のトラブルで疲弊した私は、医者の診断書をもらって長めの休暇をとった。しがらみの藪の中で沢山の蔓を引きちぎって、ようやく手にした明るい広場のような休暇だった。この明るい広場には何から何までそろっていた。普段の私の視界など筒状の非常に狭いもので、社会とかいうつくりものの万華鏡をのぞいて全てが分かった気になっていたが、いざ万華鏡を取り下げてみるとそこにはほんものの全てがあった。万華鏡も筒の外側の模様がよく見えたし、何より全方向に向かって自然も人間も社会も世界もその肢体を自由に伸ばしていた。

とりあえず私は実家の農作業を手伝うべく、薪割りを始めた。薪割り機にガソリンを注ぎ、エンジンをかけて薪を一つ一つ割っていく。しばらく薪を割って休みを取りドラム缶に腰を下ろして裏庭から見える風景を眺めていると、私は過去の思い出に襲われた。半農で国家試験の浪人をやっていたとき、同じように薪割りをし、よくこの裏庭の風景を眺めたのだった。古いボイラー室や灌木の数々、右手に見える杉林、遠くに見える山々。私はそこに自分の原風景があると思った。

私の原風景は、試験や恋愛や学校生活に挫折し、ひたすら愛に飢えた傷ついた青春のまなざしが見た風景だった。この自然とことん混ざっていく労働の途上、四季の移り変わりとともに見える農場の風景、私の傷ついた青春によって血のにじんだ風景、これこそが私の原風景なのだった。私の原風景はいわば彼岸から眺め返された風景だと言ってもいい。もはや人生が終焉したという絶望のまなざしのもと、人生の向こう側から眺め返された、血のにじんだ自然の移り変わりが私の原風景なのだった。

かつて、私の原風景は、子どもの頃によく遊んだ近所の山の風景だった。そこには子どもの頃の記憶が膨大に詰まっていた。だが、原風景とはそもそも唯一ではないのだ。原風景など、展覧会の絵のように無数にある。自分の感情によって強く色づけられ、自分の体験によって長く引き伸ばされた風景は無数にあり、原風景とはそのうちのどれかに額縁がかかったものだと思っていい。これは真に展示すべきものだと、ひときわ豪華な額縁がかかった展覧会の風景、それが原風景だ。

私の人生の展覧会が、この明るい広場で自由にとり行われている。ひときわ豪華な額縁がかかっているのが傷ついた青春の風景であり、それが現在の私の原風景だ。この額縁は近所の山の風景から取り外され、私の激しい苦悶の手つきによりここに取り付けられたわけだ。だが、これだけ目立つようにしても鑑賞者は私一人のみ。私はこれから語り出して行かなければならない。この額縁にふさわしいだけの言葉で、この原風景にまつわる無限のエピソードを。事実か虚構かは問わない。この額縁の豪華さは無限に言説を生み出す豊饒さの記号である。この明るい広場に人は呼べない。私は再び社会という狭い万華鏡の中で、その間隙に無限のエピソードを押し込んでいく。この額縁の威厳にかけて、私の原風景の無限のエピソードを。

敵

存在するということ
そこに立つということ
それは紛れもなく敵であるということ
私は隅々まで敵を探し出す
現象の狭間に隠れた見えない真理も
みんな敵なのだから
私は何も信じなくていい
どんなに高潔な倫理も
みな敵なのだから
私は何に従わなくともいい

私は恋人に癒しを求め
美しい自然に癒しを求め
芸術作品に癒しを求めた
だがすぐに気付いたことだが
私を癒すものは同時に私の敵でもあったのだ
私はすぐさま注意深く距離をとり
その距離の確かさだけを
その距離の堅さだけを
心のよりどころとした

敵とは戦う必要はない
表層では敵は全て味方であるし
深層においても敵とは決して戦わない
戦った瞬間
敵は敵ではなくなり
戦いのあとには

敵はもはや無意味な存在となる
世界を有意味なものとするため
敵は敵のままであり続けなければならない

全世界が敵であるため
もはやいかなる裏切りもあり得ない
いかなる権謀術数も不要であり
シンプルに対立だけすればいい
世界は金属の冷たさで私を冷やし続け
私はその硬さと冷たさに
人生の手触りを確かに感じ
人生はこのように単純に進んでいけばいい

神経

あの街角にひっそりと立って
待ち合わせの標となっている一体の彫像
あれはむき出しになった街の神経だ
その敏感な裸体をさらしながら
人々の眼差しに貫かれ
あまつさえ人々にじかに触れられる
その度に崩れそうになりながらも
形をとどめ続ける街の神経

山は鬱蒼と神経を生い茂らせている
山に生える草木はむき出しの神経で

山はそれを隠すことを意図的にやめた
だから山は陽射しも風雨も敏感に感じすぎて
いつでも苦痛にあえいでいる
山の巨大な重量は草木の夥しい感受力を支えるためにある
山はいつだって崩れ落ちそうだ

私の神経は至る所に存在する
世界に瀰漫するエーテルのように
繊細に社会の波を伝えていく
遍在する神経は広がり過ぎて
もはや根を張ってしまったので決して回収できない
社会的な出来事その問題その毒
批判的感受力で波を受信しては
今にも世界の淵で濁って流れ落ちてしまいそうだ

重さ

けだるい朝
仕事に行くのもおっくうで
とりあえずコーヒーでも飲んでみる
そういえば
全てのものには重さがあった
部屋のサッシのガラスにも重さがあるし
この蛍光灯にも重さがある
ＬＥＤランプの明滅にも
流水のような重さがある
自分を包むすべてのものの重さに
心地よくくるまっている朝があってもいい

やがて自分は出勤し
重さを感じる暇もなく
どんな重いものでも瞬時にはねのけていくだろう
今手にしているマグカップの重さ
これはとても重要で
ここから何かが始まり何かが終わる
そのくらい重要で
コーヒーを飲み終えた後の
マグカップの軽さが恨めしい

帰郷

故郷には深さがある
海の深さとは別の種類の
血の深さと記憶の深さ
一人の人間に一つずつ
最も深い故郷が与えられており
人がほんとうに帰っていく極地がある

果樹園に包まれ
たった一度も裏切らなかった生家よりも
もっと深く血を分けた故郷があり
それは子供の頃よく探索し

木々の香気に浸っている近所の山だ

二年間のデスクワークは
私の増殖を大きく偏らせた
私は壊れた天秤で
物事の価値を間違って比較してしまう
間違いのたびに社会から削り取った疲労は
蓄積してとがって私を駆り立てるので
私は再び山へと帰ってきた

ほころび始めた桜のつぼみ
針葉樹に常緑樹に葉の落ちた裸の樹
眼下に一望される住宅地と市街地
冬と春が生温かいアルコールの中で混じり合って
私は頂上で寝転び風を浴びて

己を縛るものをすべて引きちぎった
山において人間と自然はまったく等しい
人間も自然もともに循環する精神的原理
物質の装いとともに精神を清くあふれさせている
ひとつの世界内細胞
まったく同一の世界の遺伝子を共有しながら

郷土の愛

故郷を愛する前に
故郷に愛されている
故郷においてすべては始まり
人はみな故郷の意志を浴びて
目覚め、働き、交流する
人の意志は人から始まるのではなく
あらかじめ故郷から意志されている
人はいつでも受け身になって
故郷の愛を受け取るのみだ
故郷の緑の道を歩くとき
人は自ら歩くのではなく

故郷の無限の愛によって
やさしく突き動かされているのだ
人よ驕ってはいけない
郷土を愛する以前に郷土に愛されている
始まりにある大いなる受動性のもとに
人はすべてを意志しているのだ

駅のホーム

駅のホームには
ひとつの世界が埋葬されている
それゆえに駅のホームは
世界の墓地であり霊場である
だから今日もそこには
忘れられた眼の光や
捨てられた愛の閃きなど
あらゆる感傷的なものが訪れる
駅のホームでは
幻想がどこまでも濃くなっていき
人の暗い内側では

熱された論理が組み立てられ
人は世界を弔う一つの感傷となる
駅のホームには人が集まり
電車が停車し鳥が羽ばたく
集まってくる日常的なものはすべて
葬られた世界への供花である

母校

母校へと続く道を
十数年ぶりに歩いていると
風景に込められた無量の意味が
過ぎ去った感覚を再び過ぎ去らせて
私の身は引き裂かれ
その間隙を過去の雨だれが舐めていく

緑地公園をさまよう私の流跡
郷愁と郷土愛の合金に似たものが
新幹線の下の道に紡がれていく
夏の陽射しは木の葉に燃え移り

太陽の実が至るところで輝いている
高校生の頃
世界はもっとまばゆく熱かった

母校に辿り着くと
何も変わっていなかった
校舎の見た目というよりも
高校の果たす機能が変わっていない
目に映る高校球児も
大工仕事をしている若い教師も
昔とそっくり同じ顔をしている
何よりも額の部分に同じ含みがある

図書館でもみな夏の装い
本はこの世の冷却材のようで
司書さんに挨拶をし

卒業生として著作を寄贈した
寄贈は母校との師弟関係への一打撃
拒絶から愛へ向かう精神史の証明

私は高校時代に文学を知った
私の著作は高校時代へのはなむけで
夏は毎年鋭利に人生を区切るのだった

はじまり

宇宙と宇宙とをつなぐねじれた通路の辺りに、私は一人の少年を閉じ込めている。闇と光とが互いに消化できないまま渾然と渦を作っている野原で、少年は毎日少しずつ違った表情を見せていく。

この少年には友達がいないので、とても寂しそうでいつも涙声だ。だがこの少年は人間を信じられないし、誰にも自分の世界を侵されたくない。だから友達などできるわけがなく、解決不可能なジレンマでますます泣きそうだ。

私の存在は柔らかく瑞々しい。他者の視線や言葉、存在をうけとめるクッションとして、他人や社会と上手に形を合わせていく。私は可能な限り変形を自在に行う。自分が生まれる前より形成されていたこの人間同士の不可避な回路につながれているため、電流を妨げる抵抗にならないように変形する技術を限りなく鋭利に研いでいる。

私は社会制度がシステマティックに機能していき、様々な人の行為を巻き込みながら大きなうねりを見せていくのを、大海の全容を透視するかのような眼差しで活き活きと観賞している。同時に、その機能的運動を結んでいる輪の一つとして、大海を駆動する一抹の火薬として、動性のさ中に巻き込まれる快楽を感じている。私は歴史を生きているのだ。だが少年の問題は解決しない。少年にとっては孤独も連帯も不可能なのだ。そして、少年とは実はもう一人の私である。私は精巧な鉱物のように孤独に耐え、緻密な水のように連帯に耐えることができるが、本当は挫折してしまいたい。孤独にも連帯にも負けてしまいたい。そのようなはじまりの気持ちを閉じ込めて、私は社会を生きているのだ。

私は職場で同僚と談笑しながらも、まだ何もはじまっていないことを知っている。社会の水中を魚のように器用に泳いでいるうちは何もはじまらないのだ。宇宙と宇宙とをつなぐ通路で、少年がそのジレンマに耐えきれず悲鳴を上げるとき、そしてその悲鳴が言葉となり思想となり音楽となり、既にあった社会制度にわずかな振動を与えるとき、何かがはじまるのだ。

私ははじまりにおいて孤独に負け、はじまりにおいて連帯に負けている。孤独と連帯の両方に負け続け、仕方なく閉じ込められてしまうこと。この社会や歴史に参画できない儚い命を今までのように抑圧せずに、一瞬だけ爆発的に解放したい。そこからが私の人生のはじまりだ。私の人生はまだはじまってすらいなかったのだ。

societas《ソシエタス》

著者
広田《ひろた》 修《おさむ》

発行者
小田久郎

発行所
株式会社思潮社
〒一六二―〇八四二　東京都新宿区市谷砂土原町三―十五
電話〇三（三二六七）八一五三（営業）・八一四一（編集）
ＦＡＸ〇三（三二六七）八一四二

印刷・製本所
三報社印刷株式会社

発行日
二〇二〇年六月一日